青青的山峰，
一峰接著一峰，
一山連著一山，
圍著郴州小城。

青山抱著小城，　小城靠著青山，
有時候，　白雲停在山頂上，
有時候，　白雲停在山腰上。

2

山腰上，有一座香山寺，
寺廟附近有茂密的樹林，
白雲、明月、清風，
香山寺又安詳又幽靜。

香山寺的遊客並不多，
只有白雲靜靜的飄過。
有時候，白雲會飄進廟裡，
悄悄的來看看菩薩和僧侶，
又飄著、飄著……
悄悄的，飄走了……

4

廟裡的僧侶們打坐、誦經，
日子過得很平靜。

晴朗的夜晚，
輕輕的吹著微風，
月亮高高的掛在天空中，
寺廟，靜靜的，
山林，靜靜的。

日子，
一天又一天的過了，
季節一到，
滿山的花，都開了！

日子，
一天又一天的過了了，
季節一到，
滿山的雪，白白的。

7

廟裡的僧侶打坐、誦經，
日子過得很平靜。

有一天，不知道從哪裡
來了一隻猴子？

8

猴子，喝喝水，
猴子，吃吃東西，
僧侶們一點也不在意。

猴子跳上跳下，
猴子跑東跑西，
僧侶們還是隨牠去。

9

後來，
不知道從哪裡
來了好幾隻猴子？

猴子吱吱吱，
猴子爬上爬下，
忙著找東西吃。
僧侶看了說：
「隨牠們去吧！」

後來，
不知道從哪裡
來了一大群猴子？

有的猴子在大殿裡爬上爬下，
有一、兩隻猴子，
竟然跳到菩薩的頭頂上，
還不停的抓癢。

有的猴子溜進廚房裡，
掀開鍋蓋抓起東西，
立刻就塞進嘴巴裡。

有_{ㄧㄡˇ}的_{˙ㄉㄜ}猴_{ㄏㄡˊ}子_{˙ㄗ}打_{ㄉㄚˇ}起_{ㄑㄧˇ}來_{ㄌㄞˊ}了_{˙ㄌㄜ}，
鍋_{ㄍㄨㄛ}子_{˙ㄗ}，撞_{ㄓㄨㄤˋ}翻_{ㄈㄢ}了_{˙ㄌㄜ}！
碗_{ㄨㄢˇ}盤_{ㄆㄢˊ}，打_{ㄉㄚˇ}破_{ㄆㄛˋ}了_{˙ㄌㄜ}！

猴子來到了晒衣場，
有的猴子鑽進了袈裟裡，
從衣領露出頭來，
以為自己就是小沙彌！
有的猴子把袈裟弄得髒兮兮，
還把袈裟扔了一地。

香山寺裡的僧侶，
雖然有好脾氣，
但是頑皮的猴子來大鬧，
大家都被作弄得有點生氣。

生氣歸生氣，
更糟糕的是……
大家都想不出什麼妙計！

這ㄓㄜˋ一ㄧˋ天ㄊㄧㄢ，
有ㄧㄡˇ一ㄧˊ位ㄨㄟˋ僧ㄙㄥ侶ㄌㄩˇ從ㄘㄨㄥˊ遠ㄩㄢˇ方ㄈㄤ來ㄌㄞˊ到ㄉㄠˋ寺ㄙˋ裡ㄌㄧˇ，
看ㄎㄢˋ到ㄉㄠˋ這ㄓㄜˋ群ㄑㄩㄣˊ猴ㄏㄡˊ子ㄗ大ㄉㄚˋ鬧ㄋㄠˋ香ㄒㄧㄤ山ㄕㄢ寺ㄙˋ。
他ㄊㄚ對ㄉㄨㄟˋ寺ㄙˋ裡ㄌㄧˇ的ㄉㄜ˙僧ㄙㄥ侶ㄌㄩˇ說ㄕㄨㄛ：
「我ㄨㄛˇ有ㄧㄡˇ一ㄧˊ個ㄍㄜˋ妙ㄇㄧㄠˋ計ㄐㄧˋ，
能ㄋㄥˊ讓ㄖㄤˋ這ㄓㄜˋ群ㄑㄩㄣˊ猴ㄏㄡˊ子ㄗ，
很ㄏㄣˇ快ㄎㄨㄞˋ的ㄉㄜ˙離ㄌㄧˊ開ㄎㄞ這ㄓㄜˋ裡ㄌㄧˇ。」

遠來的僧侶，
把妙計悄悄的告訴了
香山寺的僧侶。
大家聽了臉上都露出微笑，
還不停的說：
「妙！ 妙！ 妙！ 」

大家就按照他的方法，
設了一個巧妙的陷阱。
就等猴子一個不小心掉進了陷阱，
香山寺就能像以前那樣平靜。

猴子並不知道，
大難就要到了，
還是在寺裡大吵大鬧。

等著……
等著……
終於有一隻小猴子，
掉進陷阱裡了！

僧侶就把準備好的濃墨汁，
塗在小猴子身上，
看， 牠變成黑色的猴子了！
僧侶看著牠，
都微微的笑了。

小黑猴瞪著眼睛，
抓住籠子又叫又跳。
小黑猴露出尖尖的牙，
在籠子裡又抓又咬。

27

過了好久……
僧侶打開籠子放走了小黑猴。
牠又害怕又著急，
急著想回到猴群裡。

28

猴子們看到小黑猴，
哎呀 —— 哎呀 ——
這是哪裡來的妖怪哇？
大家嚇得吱吱叫，
瞪著眼睛仔細瞧。

小黑猴急著要回到猴群裡，
猴子們卻認為牠是妖怪，
大家嚇得吱吱叫，
立刻掉頭趕快逃！

小黑猴急著追猴群，
猴群卻急著躲開牠。
一群猴子， 吱吱叫，
一群猴子， 跑又跳，
追著、 跑著……
跑著、 追著……
全都跑進樹林裡了。

小黑猴邊追邊叫，
猴群也邊叫邊跑，
追著、　跑著……
跑著、　追著……
這一群頑皮的猴子，
終於，　消失在山林裡了。

31

香山寺又像以前那樣平靜。
廟裡的僧侶們打坐、誦經。

月光靜靜的照著，
白雲輕輕的飄過，
有時候，白雲會飄進廟裡，
悄悄的來看看菩薩和僧侶，
又飄著、飄著……
悄悄的，飄走了……

32

文　謝武彰

國家文藝獎得主。
生肖是老虎，很喜歡吃餃子；所以就變成「吃餃子老虎」了。
有幾本珍藏的書，有幾張好聽的唱片，有幾個老朋友。
居住在一個船越來越少的港都。
寫兒童詩、寫兒童散文、寫圖畫書……
作品的篇幅都是短短的，是一個經常在「尋短見」的人。
編、著作品二百冊及專利三項，是一個經常在腦力激盪的人。
在小熊出版的作品有《魔瓶》、《夜裡來的老虎》、《小不倒翁》。

圖　石麗蓉

1962 年生於基隆的宜蘭人，當過二十五年的老師。
喜歡寫寫、畫畫、散步、看書、聽音樂。
在都市裡住了許多年後，現在練習當鄉下人。
在小熊出版的作品有《我不要打針》（金鼎獎最佳兒童及少年圖書）、
《穿越時空的美術課》（年度「好書大家讀」最佳少年兒童讀物獎）、
《爸爸的摩斯密碼》（年度「好書大家讀」最佳少年兒童讀物獎）、
《好傢伙，壞傢伙？》（金蝶獎入圍）、
《12 堂動手就會畫的創意美術課》、
《是誰？在棉被裡開挖土機》、
《猜一猜，我是誰？看 61 位名人怎樣做自己》。

創作圖畫書

【經典傳奇故事】

小熊出版讀者回函　小熊出版官方網頁

文：謝武彰｜圖：石麗蓉
總編輯：鄭如瑤｜責任編輯：陳怡潔｜美術編輯：王子昕｜封面書名題字：李蕭錕｜印務經理：黃禮賢
社長：郭重興｜發行人兼出版總監：曾大福｜業務平臺經理：李雪麗｜業務平臺副總經理：李復民
實體通路協理：林詩富｜網路暨海外通路協理：張鑫峰｜特販通路協理：陳綺瑩
出版與發行：小熊出版・遠足文化事業股份有限公司｜地址：231 新北市新店區民權路 108-2 號 9 樓｜電話：02-22181417｜傳真：02-86671851
劃撥帳號：19504465｜戶名：遠足文化事業股份有限公司｜客服專線：0800-221029
Facebook：小熊出版｜E-mail：littlebear@bookrep.com.tw｜讀書共和國網路書店 http://www.bookrep.com.tw
印製：漾格科技股份有限公司｜法律顧問：華洋法律事務所／蘇文生律師
初版一刷：2011 年 5 月｜二版一刷：2014 年 10 月｜三版一刷：2019 年 9 月｜定價：300 元｜ISBN：978-986-97916-4-9